FABLES
CHOISIES
DE
FLORIAN

LIBRAIRIE MARPON & FLAMMARION

E. FLAMMARION SUCC.

PARIS

EXEMPLAIRES DE LUXE

Il a été fait de cet ouvrage
un tirage de luxe
de deux cents exemplaires
numérotés (N°s 1 à 200) sur le
papier japonais *Hō-shō*.

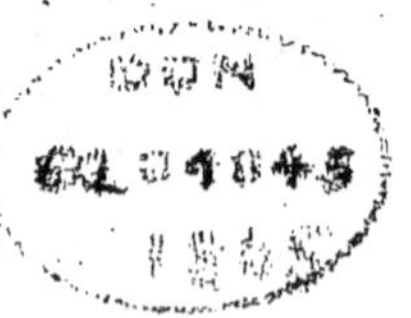

FABLES CHOISIES

DE J.-P. CLARIS

DE FLORIAN

ILLUSTRÉES PAR DES ARTISTES

JAPONAIS

SOUS LA DIRECTION

DE

P. BARBOUTAU

TOKIO

LIBRAIRIE MARPON & FLAMMARION

E. FLAMMARION SUCC.

26, RUE RACINE, PRÈS L'ODÉON

PARIS

'accueil si favorable qu'a rencontré notre publication, la première de ce genre qui ait été faite, des Fables choisies de La Fontaine illustrées à la Japonaise par un groupe d'Artistes de Tokio, nous permet d'espérer que les Fables choisies de Florian seront également appréciées du Public.

Nous avons été assez heureux pour pouvoir faire exécuter ce travail par deux des Artistes qui nous ont précédemment prêté leur concours : Messieurs Ka-no Tomo-nobou, un des représentants de l'école de Ka-no fondée par un de ses ancêtres et Kadji-ta Han-ko, un des coryphées de l'école réaliste de Yo-sai, ce maître fameux que l'Empereur actuel autorisa à se nommer Ni-hon gwa-shi (日本壽士) c'est-à-dire le Peintre lettré du Japon, (il fut le premier à qui semblable honneur ait été décerné). Ces artistes dont le talent est très apprécié de leurs compatriotes ont bien voulu, avant de se mettre à l'œuvre, se pénétrer de l'esprit de ces fables, qui ont été traduites en Japonais pour la circonstance, de sorte que ces illustrations représentent réellement des scènes de la vie au Japon aussi bien que si le fabuliste, au lieu d'être Français, eût été Japonais.

Nous sommes heureux de rendre au talent de ces Artistes l'hommage qu'il mérite et que le Public s'est empressé de reconnaître dans notre première publication. Nous espérons que celle-ci, où les deux artistes, aussi bien que les graveurs et imprimeurs, se sont surpassés, sera également bien accueillie, et qu'elle contribuera, ne serait-ce que dans une faible mesure, à populariser, chez nous, l'art si intéressant de la peinture et du dessin japonais, dont les grands mérites ne sont connus encore que d'un petit nombre de personnes favorisées.

I

L'AVEUGLE ET LE PARALYTIQUE

Aidons-nous mutuellement,
La charge des malheurs en sera plus légère ;
Le bien que l'on fait à son frère
Pour le mal que l'on souffre est un soulagement.
Confucius l'a dit ; suivons tous sa doctrine.
Pour la persuader aux peuples de la Chine,
Il leur contoit le trait suivant.

Dans une ville de l'Asie
Il existoit deux malheureux,
L'un perclus, l'autre aveugle, et pauvres tous les deux.
Ils demandoient au Ciel de terminer leur vie ;
Mais leurs cris étoient superflus,
Ils ne pouvoient mourir. Notre paralytique,
Couché sur un grabat dans la place publique,
Souffroit sans être plaint : il en souffroit bien plus.
L'aveugle, à qui tout pouvoit nuire,
Étoit sans guide, sans soutien,
Sans avoir même un pauvre chien
Pour l'aimer et pour le conduire.
Un certain jour, il arriva

Que l'aveugle à tâtons, au détour d'une rue,
Près du malade se trouva ;
Il entendit ses cris, son âme en fut émue.
Il n'est tel que les malheureux
Pour se plaindre les uns les autres.
« J'ai mes maux, lui dit-il, et vous avez les vôtres :
Unissons-les, mon frère, ils seront moins affreux.
— Hélas ! dit le perclus, vous ignorez, mon frère,
Que je ne puis faire un seul pas ;
Vous-même vous n'y voyez pas :
A quoi nous serviroit d'unir notre misère ?
— A quoi ? répond l'aveugle ; écoutez. A nous deux
Nous possédons le bien à chacun nécessaire :
J'ai des jambes, et vous des yeux.
Moi, je vais vous porter ; vous, vous serez mon guide :
Vos yeux dirigeront mes pas mal assurés ;
Mes jambes, à leur tour, iront où vous voudrez.
Ainsi, sans que jamais notre amitié décide
Qui de nous deux remplit le plus utile emploi,
Je marcherai pour vous, vous y verrez pour moi. »

II

LA COQUETTE ET L'ABEILLE

Chloé, jeune, jolie, et surtout fort coquette,
Tous les matins, en se levant,
Se mettoit au travail, j'entends à sa toilette ;
Et là, souriant, minaudant,
Elle disoit à son cher confident
Les peines, les plaisirs, les projets de son âme.
Une abeille étourdie arrive en bourdonnant.
« Au secours ! au secours ! crie aussitôt la dame.
Venez, Lise, Marton, accourez promptement ;
Chassez ce monstre ailé. » Le monstre insolemment
Aux lèvres de Chloé se pose.
Chloé s'évanouit, et Marton en fureur
Saisit l'abeille et se dispose
A l'écraser. « Hélas ! lui dit avec douceur
L'insecte malheureux, pardonnez mon erreur :
La bouche de Chloé me semblait une rose,
Et j'ai cru . . . » Ce seul mot à Chloé rend ses sens !
« Faisons grâce, dit-elle, à son aveu sincère.
Dailleurs sa piqûre est légère ;
Depuis qu'elle te parle, à peine je la sens. »
Que ne fait-on passer avec un peu d'encens !

III

LE CHAT ET LE MIROIR

Philosophes hardis, qui passez votre vie
A vouloir expliquer ce qu'on n'explique pas,
   Daignez écouter, je vous prie,
   Ce trait du plus sage des chats.

   Sur une table de toilette
   Ce chat aperçut un miroir ;
Il y saute, regarde, et d'abord pense voir
   Un de ses frères qui le guette :
Notre chat veut le joindre, il se trouve arrêté.
Surpris, il juge alors la glace transparente,
   Et passe de l'autre côté,
Ne trouve rien, revient, et le chat se présente ;
Il réfléchit un peu : de peur que l'animal,
   Tandis qu'il fait le tour, ne sorte,
Sur le haut du miroir il se met à cheval,
Deux pattes par ici, deux par là ; de la sorte
   Partout il pourra le saisir.
   Alors, croyant bien le tenir,
Doucement vers la glace il incline la tête,
Aperçoit une oreille, et puis deux . . . A l'instant,
   A droite, à gauche, il va jetant
   Sa griffe qu'il tient toute prête ;
Mais il perd l'équilibre, il tombe et n'a rien pris.
   Alors, sans davantage attendre,
Sans chercher plus longtemps ce qu'il ne peut comprendre,
Il laisse le miroir et retourne aux souris.
« Que m'importe, dit-il, de percer ce mystère ?
   Une chose que notre esprit,
Après un long travail, n'entend ni ne saisit,
   Ne nous est jamais nécessaire. »

———•❰✦❱•———

IV
LA CARPE ET LES CARPILLONS

« Prenez garde, mes fils, côtoyez moins le bord,

Suivez le fond de la rivière ;

Craignez la ligne meurtrière,

Ou l'épervier plus dangereux encor. »

C'est ainsi que parloit une carpe de Seine

A de jeunes poissons qui l'écoutoient à peine.

C'étoit au mois d'avril : les neiges, les glaçons,

Fondus par les zéphyrs, descendoient des montagnes ;

Le fleuve, enflé par eux, s'élève à gros bouillons

Et déborde dans les campagnes.

« Ah ! ah ! crioient les carpillons,

Qu'en dis-tu, carpe radoteuse ?

Crains-tu pour nous les hameçons ?

Nous voilà citoyens de la mer orageuse ;

Regarde : on ne voit plus que les eaux et le ciel ;

Les arbres sont cachés sous l'onde ;

Nous sommes les maîtres du monde,

C'est le déluge universel.

— Ne croyez pas cela, répond la vieille mère,

Pour que l'eau se retire il ne faut qu'un instant :

Ne vous éloignez point, et, de peur d'accident,
Suivez, suivez toujours le fond de la rivière.
— Bah ! disent les poissons, tu répètes toujours
Mêmes discours.
Adieu, nous allons voir notre nouveau domaine. »
Parlant ainsi, nos étourdis
Sortent tous du lit de la Seine,
Et s'en vont dans les eaux qui couvrent le pays.
Qu'arriva-t-il ? Les eaux se retirèrent,
Et les carpillons demeurèrent ;
Bientôt ils furent pris,
et frits.

Pourquoi quittoient-ils la rivière ?
Pourquoi ? Je le sais trop, hélas !
C'est qu'on se croit toujours plus sage que sa mère ;
C'est qu'on veut sortir de sa sphère ;
C'est que . . . c'est que . . . Je ne finirois pas.

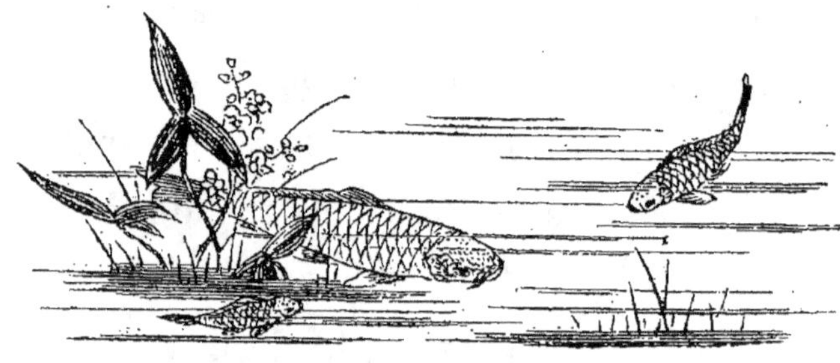

V

LE GRILLON

Un pauvre petit grillon
Caché dans l'herbe fleurie
Regardoit un papillon
Voltigeant dans la prairie.
L'insecte ailé brilloit des plus vives couleurs :
L'azur, le pourpre et l'or éclatoient sur ses ailes.
Jeune, beau, petit-maître, il court de fleurs en fleurs,
Prenant et quittant les plus belles.
« Ah ! disoit le grillon, que son sort et le mien
Sont différents ! Dame nature
Pour lui fit tout, et pour moi rien.
Je n'ai point de talent, encor moins de figure ;
Nul ne prend garde à moi, l'on m'ignore ici-bas !
Autant vaudroit n'exister pas. »
Comme il parloit, dans la prairie
Arrive une troupe d'enfants.
Aussitôt les voilà courants
Après ce papillon dont ils ont tous envie :
Chapeaux, mouchoirs, bonnets, servent à l'attraper.
L'insecte vainement cherche à leur échapper,
Il devient bientôt leur conquête.
L'un le saisit par l'aile, un autre par le corps ;
Un troisième survient, et le prend par la tête :
Il ne falloit pas tant d'efforts
Pour déchirer la pauvre bête.
« Oh, oh ! dit le grillon, je ne suis plus fâché ;
Il en coûte trop cher pour briller dans le monde.
Combien je vais aimer ma retraite profonde ! »
Pour vivre heureux, vivons caché.

VI

LE PHÉNIX

Le phénix, venant d'Arabie,
Dans nos bois parut un beau jour.
Grand bruit chez les oiseaux ; leur troupe réunie
Vole pour lui faire sa cour.
Chacun l'observe, l'examine :
Son plumage, sa voix, son chant mélodieux,
Tout est beauté, grâce divine
Tout charme l'oreille et les yeux.
Pour la première fois on vit céder l'envie
Au besoin de louer et d'aimer son vainqueur.
Le rossignol disoit : « Jamais tant de douceur
N'enchanta mon âme ravie.
— Jamais, disoit le paon, de plus belles couleurs
N'ont eu cet éclat que j'admire ;
Il éblouit mes yeux et toujours les attire. »
Les autres répétoient ces éloges flatteurs,
Vantoient le privilège unique
De ce roi des oiseaux, de cet enfant du ciel,
Qui, vieux, sur un bûcher de cèdre aromatique
Se consume lui-même, et renaît immortel.
Pendant tous ces discours la seule tourterelle,
Sans rien dire, fit un soupir.
Son époux, la poussant de l'aile,
Lui demande d'où peut venir
Sa rêverie et sa tristesse :
« De cet heureux oiseau désires-tu le sort ?
— Moi ! mon ami, je le plains fort ;
Il est le seul de son espèce. »

—>+<—

VII
LE SINGE
QUI MONTRE LA LANTERNE MAGIQUE

Messieurs les beaux esprits, dont la prose et les vers
Sont d'un style pompeux et toujours admirable,
Mais que l'on n'entend point, écoutez cette fable,
    Et tâchez de devenir clairs.

Un homme qui montroit la lanterne magique
    Avoit un singe dont les tours
    Attiroient chez lui grand concours.
Jacqueau, c'étoit son nom, sur la corde élastique
    Dansoit et voltigeoit au mieux,
    Puis faisoit le saut périlleux,
Et puis sur un cordon, sans que rien le soutienne,
    Le corps droit, fixe, d'aplomb,
    Notre Jacqueau fait tout du long
    l'exercice à la prussienne.
Un jour qu'au cabaret son maître étoit resté
    (C'étoit, je pense, un jour de fête),
    Notre singe en liberté
    Veut faire un coup de sa tête.
Il s'en va rassembler les divers animaux
    Qu'il peut rencontrer dans la ville :
    Chiens, chats, poulets, dindons, pourceaux,
    Arrivent bientôt à la file.
« Entrez, entrez, Messieurs, crioit notre Jacqueau ;
C'est ici, c'est ici qu'un spectacle nouveau
Vous charmera gratis. Oui, Messieurs, à la porte
On ne prend point d'argent, je fais tout pour l'honneur. »

A ces mots, chaque spectateur
Va se placer, et l'on apporte
La lanterne magique ; on ferme les volets ;
Et, par un discours fait exprès,
Jacqueau prépare l'auditoire.
Ce morceau vraiment oratoire
Fit bâiller ; mais on applaudit.
Content de son succès, notre singe saisit
Un verre peint qu'il met dans sa lanterne.
Il sait comment on le gouverne,
Et crie en le poussant : « Est-il rien de pareil ?
Messieurs, vous voyez le soleil,
Ses rayons et toute sa gloire.
Voici présentement la lune ; et puis l'histoire
D'Adam, d'Ève et des animaux . . .
Voyez, Messieurs, comme ils sont beaux !
Voyez la naissance du monde ;
Voyez . . . » Les spectateurs, dans une nuit profonde,
Écarquilloient leurs yeux et ne pouvoient rien voir :
L'appartement, le mur, tout étoit noir.
« Ma foi, disoit un chat, de toutes les merveilles
Dont il étourdit nos oreilles,
Le fait est que je ne vois rien.
— Ni moi non plus, disoit un chien.
— Moi, disoit un dindon, je vois bien quelque chose,
Mais je ne sais pour quelle cause
Je ne distingue pas très bien. »
Pendant tous ces discours, le Cicéron moderne
Parloit éloquemment et ne se lassoit point.
Il n'avoit oublié qu'un point :
C'étoit d'éclairer sa lanterne.

⎯⎯⎯⎯◄•◆•►⎯⎯⎯⎯

VIII

LA TAUPE ET LES LAPINS

Chacun de nous souvent connoît bien ses défauts ;
En convenir, c'est autre chose :
On aime mieux souffrir de véritables maux
Que d'avouer qu'ils en sont cause.
Je me souviens, à ce sujet,
D'avoir été témoin d'un fait
Fort étonnant et difficile à croire ;
Mais je l'ai vu : voici l'histoire.

Près d'un bois, le soir, à l'écart,
Dans une superbe prairie,
Des lapins s'amusoient, sur l'herbette fleurie,
A jouer au colin-maillard.
Des lapins ! direz-vous, la chose est impossible.
Rien n'est plus vrai pourtant : une feuille flexible
Sur les yeux de l'un d'eux en bandeau s'appliquoit,
Et puis sous le cou se nouoit :
Un instant en faisoit l'affaire.
Celui que ce ruban privoit de la lumière
Se plaçoit au milieu ; les autres alentour
Sautoient, dansoient, faisoient merveilles,
S'éloignoient, venoient tour à tour
Tirer sa queue ou ses oreilles.
Le pauvre aveugle alors, se retournant soudain,

Sans craindre pot au noir, jette au hasard la patte,
 Mais la troupe échappe à la hâte,
Il ne prend que du vent, il se tourmente en vain,
 Il y sera jusqu'à demain.
 Une taupe assez étourdie,
 Qui sous terre entendit ce bruit,
 Sort aussitôt de son réduit
 Et se mêle dans la partie.
 Vous jugez que, n'y voyant pas,
 Elle fut prise au premier pas.
« Messieurs, dit un lapin, ce seroit conscience,
Et la justice veut qu'à notre pauvre sœur
 Nous fassions un peu de faveur :
 Elle est sans yeux et sans défense.
Ainsi je suis d'avis . . . — Non, répond avec feu
La taupe, je suis prise, et prise de bon jeu ;
Mettez-moi le bandeau. — Très volontiers, ma chère ;
Le voici ; mais je crois qu'il n'est pas nécessaire
 Que nous serrions le nœud bien fort.
— Pardonnez-moi, Monsieur, reprit-elle en colère,
Serrez bien, car j'y vois . . . Serrez, j'y vois encor. »

IX

LE ROSSIGNOL ET LE PRINCE

Un jeune prince, avec son gouverneur,
Se promenoit dans un bocage,
Et s'ennuyoit, suivant l'usage :
C'est le profit de la grandeur.
Un rossignol chantoit sous le feuillage :
Le prince l'aperçoit et le trouve charmant ;
Et, comme il étoit prince, il veut, dans le moment,
L'attraper et le mettre en cage.
Mais pour le prendre il fait du bruit,
Et l'oiseau fuit.
« Pourquoi donc, dit alors Son Altesse en colère,
Le plus aimable des oiseaux
Se tient-il dans les bois, farouche et solitaire,
Tandis que mon palais est rempli de moineaux ?
— C'est, lui dit le mentor, afin de vous instruire
De ce qu'un jour vous devez éprouver :
Les sots savent tous se produire ;
Le mérite se cache, il faut l'aller trouver. »

X

LE MILAN ET LE PIGEON

Un milan plumoit un pigeon,

Et lui disoit : « Méchante bête,

Je te connois ; je sais l'aversion

Qu'ont pour moi tes pareils ; te voilà ma conquête !

Il est des dieux vengeurs. — Hélas ! je le voudrois,

Répondit le pigeon. — O comble des forfaits !

S'écria le milan ; quoi ! ton audace impie

Ose douter qu'il soit des dieux ?

J'allois te pardonner ; mais, pour ce doute affreux,

Scélérat, je te sacrifie. »

XI

LE SANGLIER ET LES ROSSIGNOLS

Un homme riche, sot et vain,

Qualités qui parfois marchent de compagnie,

Croyoit pour tous les arts avoir un goût divin,

Et pensoit que son or lui donnoit du génie.

Chaque jour à sa table on voyoit réunis

Peintres, sculpteurs, savants, artistes, beaux esprits,

Qui lui prodiguoient les hommages,

Lui montroient des dessins, lui lisoient des ouvrages,

Écoutoient les conseils qu'il daignoit leur donner,

Et l'appeloient Mécène en mangeant son dîner.

Se promenant un soir dans son parc solitaire,

Suivi d'un jardinier, homme instruit et de sens,

Il vit un sanglier qui labouroit la terre,

Comme ils font quelquefois pour aiguiser leurs dents.

Autour du sanglier, les merles, les fauvettes,

Surtout les rossignols, voltigeant, s'arrêtant,

Répétoient à l'envi leurs douces chansonnettes,

Et le suivoient toujours chantant.

L'animal écoutoit l'harmonieux ramage

Avec la gravité d'un docte connoisseur,

Baissoit parfois la hure en signe de faveur,

Ou bien, la secouant, refusoit son suffrage.

    « Qu'est ceci ? dit le financier :

    Comment ! les chantres du bocage

Pour leur juge ont choisi cet animal sauvage !

    — Nenni, répond le jardinier :

De la terre par lui fraîchement labourée

Sont sortis plusieurs vers, excellente curée

    Qui seule attire ces oiseaux ;

    Ils ne se tiennent à sa suite

    Que pour manger ces vermisseaux ;

Et l'imbécile croit que c'est pour son mérite. »

XII

LE DERVIS, LA CORNEILLE
ET LE FAUCON

Un de ces pieux Solitaires
Qui, détachant leur cœur des choses d'ici-bas,
Font vœu de renoncer à des biens qu'ils n'ont pas
Pour vivre du bien de leurs frères,
Un dervis, en un mot, s'en alloit mendiant
Et priant,
Lorsque les cris plaintifs d'une jeune corneille,
Par des parents cruels laissée en son berceau
Presque sans plume encor, vinrent à son oreille.
Notre dervis regarde, et voit le pauvre oiseau
Allongeant sur son nid sa tête demi-nue.
Dans l'instant, du haut de la nue,
Un faucon descend vers ce nid ;
Et le bec rempli de pâture,
Il apporte sa nourriture
A l'orpheline qui gémit.
« O du puissant Allah providence adorable !
S'écria le dervis ; plutôt qu'un innocent
Périsse sans secours, tu rends compatissant
Des oiseaux le moins pitoyable !
Et moi, fils du Très-Haut, je chercherois mon pain !
Non, par le Prophète j'en jure,
Tranquille désormais, je remets mon destin
A celui qui prend soin de toute la nature. »
Cela dit, le dervis, couché tout de son long,
Se met à bayer aux corneilles,
De la création admire les merveilles,
De l'univers l'ordre profond.

XIII

LES DEUX CHATS

Deux chats qui descendoient du fameux Rodilard,
Et dignes tous les deux de leur noble origine,
Différoient d'embonpoint. L'un étoit gras à lard ;
    C'étoit l'aîné : sous son hermine,
    D'un chanoine il avoit la mine,
Tant il étoit dodu, potelé, frais et beau.
    Le cadet n'avoit que la peau
    Collée à sa tranchante échine.
Cependant ce cadet, du matin jusqu'au soir,
    De la cave à la gouttière
    Trottoit, couroit, il falloit voir !
    Sans en faire meilleure chère.
    Enfin, un jour, au désespoir,
    Il tint ce discours à son frère :
    « Explique-moi par quel moyen,
    Passant ta vie à ne rien faire,
Moi travaillant toujours, on te nourrit si bien,
    Et moi si mal. — La chose est claire,
Lui répondit l'aîné : tu cours tout le logis
Pour manger rarement quelque maigre souris...
— N'est-ce pas mon devoir ? — D'accord, cela peut être ;
    Mais moi, je reste auprès du maître,
    Je sais l'amuser par mes tours.
Admis à ses repas, sans qu'il me réprimande,
Je prends de bons morceaux, et puis je les demande
    En faisant patte de velours ;
    Tandis que toi, pauvre imbécile,
    Tu ne sais rien que le servir.
    Va, le secret de réussir,
    C'est d'être adroit, non d'être utile. »

—⟡⟡⟡—

XIV

LE JEUNE HOMME
ET LE VIEILLARD

« De grâce, apprenez-moi comment l'on fait fortune,
Demandoit à son père un jeune ambitieux.
— Il est, dit le vieillard, un chemin glorieux :
C'est de se rendre utile à la cause commune,
De prodiguer ses jours, ses veilles, ses talents,
    Au service de la patrie.
    — Oh! trop pénible est cette vie ;
    Je veux des moyens moins brillants.
— Il en est de plus sûrs, l'intrigue . . . — Elle est trop vile.
Sans vice et sans travail je voudrois m'enrichir.
    — Eh bien! sois un simple imbécile,
    J'en ai vu beaucoup réussir. »

TABLE DES FABLES
CONTENUES DANS CE VOLUME

明治廿八年七月八日印刷
明治廿八年七月十一日發行

著作者　佛國人　馬留武黨
　東京市築地居留地五十一番館

發行者　金光正男
　全市麹町區飯田町四丁目廿一番地

印刷者　山本鐡次郎
　秀英舍々員
　全市京橋區西紺屋町廿六七番地

印刷所　株式會社　秀英舍
　全市京橋區西紺屋町廿六七番地

畫工　狩野友信
　　　梶田半古

木版　製文堂

Imprimé par la compagnie de Shueisha à Tokio.